10대의 밤

10대의 밤

발   행 | 2020년 12월 18일
저   자 | 박현정
펴낸이 | 한건희
펴낸곳 | 주식회사 부크크
출판사등록 | 2014.07.15.(제2014-16호)
주   소 | 서울특별시 금천구 가산디지털1로 119 SK트윈타워 A동 305호
전   화 | 1670-8316
이메일 | info@bookk.co.kr

ISBN | 979-11-372-2796-5

www.bookk.co.kr

10
대
의

밤

박현정 시집

CONTENT

3장 When I was 15 years old

4장 When I was 16 years old

5장 그대에게

에필로그

프롤로그

나는 대한민국의 울산광역시 울주군에서 태어나 자랐다.

2005년생, 비록 16년밖에 살지 않았지만 어린 나이라고 걱정
없이 해맑진 않았다. 소심한 성격, 낮은 자존감, 많은 생각,
고민들과 함께 자라왔다. 내성적인 성격에 할 말 못 하고 사는
나라서, 매일 화를 참고 삼키는 나라서 오직 내 일기장 만이
내 마음을 알고 있다. 이제는 작은 일기장이 아닌 나의 솔직한
글들로 내 마음들을 꺼내 보려고 한다. 누가 내 글을 읽고 비웃던
욕하던 난 내 길로.

이 책을 통해 나는 다시 용기를 내본다.
그리고 나와 이 책을 읽은 모든 사람들의 하루가 항상 행복했으
면 좋겠다.

'나의 소중한 가족들, 친구들 또는 이 세상 모든 사람들에게
이 책을 바친다.'

2020년 11월 18일

박현정 씀.

1 장 When I was 9 years old

Just tell me what you want

And I'll be that for you

네가 원하는 것이 무엇이든 말만 해

내가 널 위해 그것이 되어줄게

_영화 《노트북》 중

고백

부끄러워 꺼내기 힘든 말
사실 나 너 좋아해

차일까 겁나지만
나랑 사귀자

그 사람은 날
싫어할지 몰라도

용기 내어 말해보자
나랑 사귀자 잘해줄게

찾아오는 가을

찾아오는 가을
가을 오는 단풍잎

가을 오는 은행잎
찾아오는 가을

찾아오는 가을
기대되는 가을

독서의 계절
찾아오는 가을

봄, 여름, 가을, 겨울
겨울, 봄, 여름이 지나가면
또다시 찾아오는 가을

봄

아름답고 따뜻한
봄이 돌아왔어요

동식물들이
봄을 기다리고 있어요

새들이 기분이
좋아서 짹짹짹

꽃들이 기분이
좋아서 호호호

나비도 꽃 위에 앉았어요
어여쁜 아이들도
동산 위에 올라서서 하하하

도서관

책을 읽는 곳
책을 빌리는 곳

그 이름 도서관
조용히 해야하는 곳

책을 찢으면 안돼요
책에 낙서하면 안돼요

시끄럽게 떠들면 안돼요
뛰어다니면 안돼요

그 이름 도서관
우리 함께 지켜요

가을

노랗게 물든 은행잎
빨갛게 물든 단풍잎

초록색이었던 잎이
어느새 노랑 빨강 주황 물들어있다

동글 동글 밤과 도토리
자그마했는데 어느새 빵실빵실 잘 익었을까

알록달록 코스모스
어느새 활짝 얼굴을 드러냈다

2장 When I was 14 years old

I've succeeded as gloriously as
anyone who's ever lived.
I've loved another with all my
heart and soul and for me that
has always been enough.

난 비록 죽으면 쉽게 잊힐
평범한 사람일지라도
영혼을 바쳐 평생 한 여자를 사랑했으니
내 인생은 성공한 인생입니다.
_영화 《노트북》 중

가로등

우리의 앞길을 환히 밝혀주는 가로등
어두운 길 밝혀주는 가로등

가로등은 온화하고 친절하다
남이 나에게, 내가 남에게
가로등 같은 존재가 되어주길 바란다

끌린다

너의 부드러운
미소가 끌린다

너의 달콤한
목소리가 끌린다

너무나도 다정한
너의 성격이 끌린다

너의 귀여운
얼굴이 끌리며

너의 모든 것이 끌린다

너에게

나와 함께여서 고마워
날 이해해줘서 고마워
이 세상 네가 가장 아름다웠다고
너에게 말해주고 싶었어

마루

마루에 둘러앉아
도란도란 이야기한다

마루에 둘러앉아
지지지 직 고기 굽는다

마루에 둘러앉아
냠냠 쩝쩝 수박 먹는다

가족들과 함께일 때
마루도 함께 한다
마루도 이젠 우리 가족이다

기다림1

언제나 기다림이 시작되며
언제든지 기다림은 끝이 난다

그 기다림의 끝은 언제나 보상이 있다
기다림의 끝이 10년 후, 20년 후라 해도
열심히 살다 보면 어느새 기다림은 끝나있다

인생

중학생의 인생은 복잡하며 고달프다
중학생의 인생은 힘들고 혼란스럽다
어른들은 중학생의 인생을 이해하지 못한다
우리가 얼마나 힘들고 어려운지
이해하지 못한다
살다 보면 많은 일들을 겪게 되며
그 일이 모두 좋은 일이라고 보장하지 못한다

포틴 (fourteen)

지금 나이 포틴
우리 나이 포틴
다시는 돌아오지 않을 포틴
돌아갈 수 없는 포틴

팔불출

네가 세상에서 제일 멋져
네가 세상에서 제일 예뻐
네가 세상에서 제일 아름다워
네가 세상에서 제일 사랑스러워
내 눈엔 너 밖에 안 보여
난 너밖에 모르는 바보

늦은 후회

사람들은 늦은 후회를 한다.
모든 사람들은 소중한 사람이 곁에 있을 때
잘하라고 하지만 아무리 잘해도 죽으면
후회하는 건 당연하다. 나도 후회를 하곤 한다.
2년 전 어버이날 하늘나라에 간 11년 내 단짝 백구를
떠나보낸 뒤 뒤늦은 후회를 하곤 한다.
산책 더 시켜줄걸, 맛있는 거 더 주고 더 많이
안아줄걸.... 칭찬도 많이 해주고, 어리광 다
받아줄 걸.... 늦은 후회는 이런 때만 하는 것이
아니다. 친구들과 또는 어른들과 대화할 때에도 늦은
후회를 하곤 한다. 내가 왜 그랬을까 하고 말이다.
내가 왜 이런 친구를 사귀었나 후회할 수도 있으며
내가 이걸 왜 샀을까 후회하기도 한다. 후회를 하기
전 올바르고 계획성 있고 착하게 살면 된다. 앞길만
보고 살지 않고 옆길 뒷길 윗길 모두 보고 살아야
한다. 무조건 후회가 된다고 슬퍼할 일은 아니다.
후회가 되어도 그 결정이 더 좋은 결정일 수도 있다.

우울

우울하다 우울해
이유없이 우울해
미치도록 우울해
난 내가 싫은데
이 세상이 너무나 싫은데
이 삶이 너무나도 고통스러운데
이 우울을 감추고 살아야해

그물망

그물망은 정말 많은 일을 한다.
물고기, 게, 오징어 등 해산물을 잡는 일
촘촘이 철로 된 그물은 집으로부터 벌레가 들어오지
못하게 하며 요리도구가 되어 무언가를 걸러주기도
한다, 곤충채집, 동물 포획, 놀이터 기구 등 많은 곳에
쓰인다. 우리의 몸에도 그물망이 있었다면 이라는
생각이 들 때가 있다. 안 좋은 말을 들었을 때에
그물망으로 걸러주면 좋겠다. 안 좋은 경험으로 인한
잡생각들을 걸러주면 좋겠다. 이상한 걸 보았을 때에
그물망이 내 머릿속에서 걸러주면 좋겠다.
하지만 그물망이 여러 생물들의 목숨을 빼앗기도
한다. 고래가 걸려 죽거나 무심코 버린 그물망에
바다거북, 물고기 등 많은 생명들이 죽어나간다.

짜증

중학생이 처음인 지금,
달라진 학교 달라진 친구들
너무나 적응 안 돼
너무나 짜증나
내가 왜이런지 모르겠지만 모든게 짜증나
누구나 이럴 때 한 번쯤은 있지
모두가 사춘기라는데
잘 모르겠어

초콜릿

초콜릿은 달콤하고
초콜릿은 부드럽다

나도 초콜릿을 닮고 싶다

내 인생도 달콤해지고 싶다
내 인생도 부드러워지고 싶다

남에게 내가 달콤한 사람이고 싶다
남에게 내가 부드러운 사람이고 싶다

난 너에게 고백 중

짝사랑을 한다
고백을 한다

소문날까 겁난다
차일까 겁난다

마음만은 이미 고백 중

하지만 몸이 따라주지 않는다
나는 너에게 고백 중이고 싶다
널 내 것으로 만들고 싶다

너

네가 가고 싶다면
어디든 갈 수 있다

네가 먹고 싶다면
나도 먹고 싶고

네가 보고 싶다면
나도 보고 싶다

상처

상처는 끝까지 간다
잘 지워지지 않는 것이 상처다
상처는 끝까지 남는다
나를 따라온다
그 상처가 날 삼켜버린다

스케치북

내 맘속엔 스케치북이 있다
새하얀 스케치북
스케치북을 무엇으로 채울까
내 마음속 넓은 스케치북
어느 것으로 채워볼까

소중히

큰 것도 소중히
작은 것도 소중히
쓸모있는 물체도 소중히
쓸모없는 물체도 소중히

흐른다

흐른다 흐른다
시간이 흐르며
세월도 흐른다

흐른다 흐른다
내 눈물이 흐르며
마음의 상처도 흘러간다

흘러라 흘러라
강물이 흘러가듯
나쁜 기억들도 흘러가길

모든 게 흐른다
시간도, 눈물도, 강물도

사랑이 고프다
관심이 고프다
모든게 고프다

물흐르듯 빨리 이 순간이
지나가면 좋겠다

짝사랑

늘 나서지 못하고
멀리서 지켜보기만 한다

뭘 해도 멋져 보이고
귀여운 너

챙겨주고 싶고
사랑만 주고 싶은

이쁜 말만 듣게 해주고
맛있는 것만 주고 싶은
이런 내 맘을 넌 알기는 할까

러브 레터

몇 번을 썼다 지웠다
꾸기고 버리다
7번 만에 성공한 러브 레터
내 마음을 제발 받아줬으면
알아줬으면

불면

네 생각에 잠 못 드는 밤
네 걱정에 잠 못 드는 밤
연락 하나 없이 떠나버리면
난 어떻게 하라고

통증

따끔따끔 누구에게나
아픈 통증이 있다
하지만 그 통증을 숨기고 다닌다
괜찮아 이 한마디 뒤
얼마나 많은 통증을
갖고 있을지 아무도 모른다

유기견

저 여기 있어요
언제 오시나요?
오줌도 안 싸고 말썽 안 피우고
얌전히 앉아있어요
언제 오실 거예요?

귤

귤처럼 상큼한 너의 미소
귤처럼 달달한 너의 목소리
귤처럼 탱글한 너의 볼살
모두 그립다

바이킹

이리 갔다 저리 갔다
멈추지 않는다

언제쯤 누가 이
바이킹을 멈춰주려나

난로

추위를 잘 타는 너
난 더운데 넌 계속 춥다 하네
한 겨울 덜덜 떠는 너
그런 너에게 커다란 난로가 되어주고 싶다

작별

저는 이제 떠납니다
친구들과 가족들, 이 무거운 짐들을 두고
이곳을 떠나갑니다

저를 그냥 보내주시오
이제 저를 놔주시오

단풍이 물들고 벼가 익는 지금
저는 이곳을 떠나갑니다
그대여, 슬퍼하지 말아요

골목길

어두운 골목길

나 혼자 외로이 걷는다

나 혼자 쓸쓸히 걸어간다

하나

별 하나 떠있고
달 하나 떠있는 이 밤
이 밤을 어떻게 보내야 하나
온갖 모든 생각 떠도는 지금
내 머릴 어떻게 해야 하나

새벽

새벽 감성 차오른다
내 마음도 차오른다
어떤 말을 전할까
나는 오늘도 나에게 묻는다

휴지

휴지 같은 사람
힘들 때 날 보듬어 주고
닦아줄 수 있는
그런 사람

지름길

사람들은 모두 천천히 보다 빨리
"천천히 와"가 아닌 "빨리 와"
앞 글자 하나로 말이 달라진다
지름길보다 천천히 여유를 느낄 수 있는
그런 오솔길로

이른 아침

노랗게 파랗게 해가 뜬다
이른 아침 하늘을 보며
마음의 평화를 찾는다

앞집 닭이 울고 마당의 참새들이 뛰어논다
기지개를 펴며 기분 좋게 시작하는 이른 아침

행복

진정한 행복이란 무엇일까
난 오늘도 내일도 행복을 찾는다
행복이란 어떤 느낌일지
난 언제쯤 행복을 발견할 수 있을까

혼자

혼자가 익숙한 나
혼자가 익숙한 오늘
하지만 혼자가 외로운 자신
혼자가 외로운 하루

흔적

모든 것들이 흔적을 남기고 사라집니다
나 여기 왔다 간다며 흔적을 남깁니다
방문했다고 방명록을 남기고
지나온 길 발자국을 남기듯

선

이 선을 넘을까 말까
넘으면 위험하고
안 넘으면 답답한
우리 사이의 선

분필

톡톡
소리내며 나타났다
쓰나미처럼 사라진다

2018.12.31.

난 이제야 알았어 이 삶에 대해
우린 아직 깨달은 것이 없고 찾아야 할 것이 많단 걸
기억 속에서 잊히고 지워짐을 반복하다
이렇게 끝나버려
우린 아직 잊고 사는 것도 많아
소중함을 아직 몰라 이 삶의 반복은 언제 끝날까
하루는 기분이 좋았다 나빴다
오지 않는 너의 연락을 기다려
현실성 없는 생각을 하다 잠이 들곤 하는
난 그저 어린아이였다
너무 보고 싶다 미안하다 사랑한다 고맙다 그리웠다
온갖 생각이 뒤섞이는 밤

3장 When I was 15 years old

All we're looking for is someone's love
thrill, gaze, touch, dance
Eyes and friendly vocies that light up the whole sky

우리가 찾는 건 누군가의 사랑이 전부
설렘, 시선, 손길, 춤
온 하늘을 밝혀주는 눈빛 다정한 목소리
곁에 있어줄테니 마음 놓으란 말
_영화 《라라랜드》 중

추억

너와 함께한 추억은
수없이 많은데 왜
내 기억은 사라져만 갈까

너와 함께한 추억은
수없이 많은데 같이
찍은 사진은 두 장뿐

너와 함께 한 모든
추억은 행복한 추억이다
그리 기억하고 있을게

책

한 장 한 장
조심스럽게 넘기다 보면
어느새 끝이 난다

나도 살아가다 보면
끝이라는 게 있겠지

내 마음 속

내 마음속은
너로 한가득
가슴 깊이 차올라
수면 위로 두둥실

택시

요즘 사람들은 택시
무조건 빠른 게
좋은 건 아닌데
택시처럼 서두르지 않아도 되는데

구름

맑고 푸른 하늘
구름도 없이 흰 달만
구름은 어디로 도망간 걸까
새들을 배려해 숨어준 걸까
하늘 대왕이 쫓아낸 걸까

진동

드르륵 드르륵
어디선가 진동이 울린다
하지만 아무도 듣지 못했다
이렇게 널 향한 진동이 울리고 있는데
넌 왜 듣지 못하는 거니

설렘

"내가 너 설레게 해줄게"
이미 수많이 오빠에게 설렜는데
"아직 너 설레게 하려면 멀었어"
내 설레는 감정 다 뺏어가 놓고
아직 멀었다니 대체
얼마나 더 설레게 해주려고?

환불

그 보잘것없는
한 사람으로 인한
감정 낭비, 시간 낭비, 돈 낭비
내 아까운 감정, 시간, 돈
모두 다 환불해 주세요

눈송이

송이송이 하늘에서
눈송이가 내린다

순수한 하얗고 하얀
새하얀 눈송이

포근포근 보들보들
푹신한 눈송이들

사르르 손 위에서
녹아버린다

오리

저 강가의 오리들은
뭐가 좋다고 저리 뭉쳐 다니는데
오리도 친구들끼리 몰려다니는데

저 뭍으로 올라온 오리들은
알콩달콩 둘이 붙어 다니는데
서로 털도 골라주는데

나는 왜, 나는 왜
친구도 없고 애인도 없고

버터

난 너라는 프라이팬에서 녹는
한 조각의 버터

지글지글 스르르르
부드럽게 너에게서 녹는다

시계

똑딱똑딱 쉴 새 없이
바늘은 돌아가고

시간은 하염없이
흐르기만 하고

1분이 10분 같고 10분이 1분 같은
알 수 없는 내 심리

바다

끝없이 넓은 새파란 바다
반짝이는 물결
찰랑이는 파도
살아 숨 쉬는 온갖 생물들을 담고 있는
세상에서 가장 부자 푸른 바다

형광펜

하늘 노랑 연두 핑크
알록달록 저마다 다른 색으로
하얀 종이를 빛낸다

우리도 형광펜처럼
흑인 황인 백인 저마다 다른 피부색으로
아름다운 이 지구를 빛낼 순 없을까

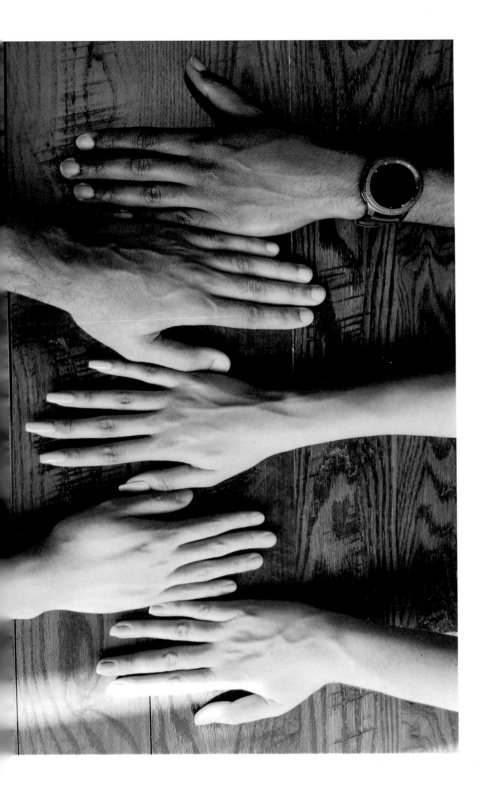

만세

우리 다 함께 외쳐보자
대한독립만세
우리는 잘못이 없는데
왜 잡혀가야 하는가
내 나라 우리 민족들을 위해
당당히 앞으로 나선다

마음

마음이 외친다
내 마음은 산만한 어린아이처럼
이리저리 한 시도 쉬지 않고
우물쭈물 결정 내리지 못한다

음악

3분 짜리 이 음악
뭐 별거있나 싶어 들었는데
사람의 마음을 움직이게 한다

별1

세상에서 가장 빛나는 것은 별
별은 이 하늘 저 하늘 돌아다니며
깜깜한 밤 우릴 향해 비쳐주네
별 보다 더욱 빛나는 것이 어디 있으리

절망

절망스럽다 이 모든 것이
이게 긴 꿈이었으면 하는 맘이
날 왜 낳은 건지 난 왜 태어난 건지
알 길이 없어
마음 한가득 절망으로 두둑히
넘쳐흐르려니

홀로

홀로 앉고 홀로 먹고
홀로 다니다 홀로 운다
나 좀 봐줘 관심 가져줘
다가갈까 말까 망설이다
조금씩 가까이 앉는다
홀로가 익숙한 나라서
어쩔 수 없는 나라서

못다 한 이야기

힘들면 말해
언제든 기대

다 들어줄게
너의 못다 한 이야기

늦은 밤

늦은 밤 우르르 몰려온다
내 편은 아무도 없다
이제 이 세상에 없는 백구
우리 백구만 애타게 불러본다

이렇게 내 속은 답답하니
풀릴 마음이 없는가 보다
누가 저 좀 살려 주세요
제발 저 좀 알아봐 줘요

간절히 또 간절히 바라봅니다

새벽 공기

달이 반쯤 잠든 새벽녘
차가운 공기가 내 뺨을 스치고
문득 네 생각에 고갤 들어 달을 쳐다봤을 때
내 뺨을 스치는 공기를 따라
느리고 차갑게 흐르는 눈물
사랑을 반복하며 그저 어른이 된다지만
그런 게 어른이라면 나는 그저 어린이였음 좋겠다

소외감

외로움에 뼈마디도 시려진 어느 겨울밤
거리엔 나만 빼고 모두 사랑하는 사람들이 있네
난 크고 과분한 사랑을 바란 적이 없었는데
그저 가족과 함께 보내는 것
그것만을 바랐는데
내겐 그거마저 과분한 건가 보다
천천히 아주 더디게
내 마음은 얼어붙는다

조울

네가 있던 어제까진 분명 행복했는데
네가 사라진 오늘은 너무나 불행한 것 같아
마치 내가 조울증에 걸린 것 같아
이제 다시 돌아와 줘
네 마음도 나와 같다면

기다림

비가 올 때면 늘 우산을 챙겨 날 보러 오던 너
오랜만에 내린 비에
널 떠올리며
오지 않을 너를,
괜한 기대감이란 족쇄로 묶은 채
하염없이 너만을 기다리는 중

2019.07.15

다 무섭다
다가올 미래가
내 주변 사람들이
내 모습이

다 그냥 짜증 난다
남의 말투가
내일 해야 할 일이
뭣도 모르고 지껄이는 더러운 입들이

내 머릿속과 생각을 깨끗이 비워 줄
향긋하게 채워 줄 무언가가 필요하다
내 맘 알아주고 따뜻하게 안아줄
사람이 있었으면 좋겠다

난 참 나쁘다
바라는 것도 많다
살다 보면 깨달을 때가 있다
아, 난 나쁜 사람이네
이렇게 살면 안 되겠다

2019.11.22

너 없이도 모든 것이
괜찮을 줄 알았다

무덤덤히 받아들이고
평범하게 살아가고 싶었다

그런데 내 인생의 반은 전부
너였나 보다

내 머릿속 햇빛에 눈부신
너의 모습은 누구보다 찬란히 빛나더라

2019.11.24

좀 생각해서 말하자
그리고 난 귀 닫고 살자
그냥 무시해버리자

혼자가 좋은데
혼자가 편한데
혼자면 친구 없대
다들 왕따냐고 물어

당신의 인생은 어떠신가요?
남의 삶 평가하기 전
자신의 입 좀 닫고 생각해봅시다

넌

어젯 밤 찬란하게 빛나던
그 주황빛 강물을 잊을 수 없어
다시 한 번 되내어 본다

누가 그러는데
남을 사랑하는 것보다도 어려운 게
나 자신을 사랑하는 것이라고

넌 나에게 얼마나 아름다운
존재였기에 빛나는 것만 보면
너가 떠오를까

제일 하기 싫은 생각 네 생각
계속 하게 되는 생각 네 생각

넌 참 잊기 어려운
존재였다는 것을

왕따

나만의 감옥 속에 갇혀
하고 싶은 대로 할 수 없고
마음은 따라주지 않고

나만 **암막 커튼인** 듯
투명 망토를 입은 듯
누군가 보지도, 누군가에게 보이지도 않는다

눈동자만 굴리고
숨만 휘휘
식물인간이 된 듯
그대로 얼어버린다

4장 When I was 16 years old

I dreamed a dream in time gone by
When hope was high and life worth living
I dreamed that love would never die

지나간 시간을 꿈꿨었지
희망이 가득 차고, 삶이 살만하던 때를
사랑이 사라지지 않기를 꿈꿨었지
_영화 《레미제라블》 중

하늘 속 열정

하늘에서 슬금슬금 피어오르는
오렌지빛 연기들

조금씩 피어올라 커다란 하늘을
감싸는 것이 꼭 꿈을 향해
피어오르는 열정 같다

난 저만큼의 노력이라도 해본 적이 있을까
저만치의 열정을 가져본 적이 있을까

잎새

마르고 가느다란 나뭇가지에
2장의 마지막 잎새

바람에 흔들려 떨어질까
누군가 툭 치면 스르르 떨어져 버릴 것 같은 게
꼭 내 마음 같다

작은 몇 마디에 평생
상처받고 훅 떨어질지도 모르는

상상

내 손가락 주름 사이사이 껴있는
네 근심 걱정 우울 불안 잡생각들
상상 속에서만 해보았던 그 일들이
실제로 벌어질 거라 생각조차 하지 못하겠지

Me

To Me 나에게
해주고 싶었던 이야기들

From Me 나로부터
들어보는 건 어떨까

For Me 오로지
나를 위해서

별2

별을 찾아가요
나만을 기다리고 있는 별을

거센 비바람이 불고
폭설이 쏟아져도

오롯이 나는 또
별을 찾아가요
나만을 바라봐 주는 별을

미소

넌 웃을 때 가장 아름다워 보이는데
그러니 밝은 그 미소 영영 잃지 말아 줘

넌 존재 자체로 가장 멋진 사람이니까
네 매력은 아무도 가지지 못할 테니까
이 세상 그 누구도 너와 같을 수 없을 거니까

밤

시가 안 써지는 밤
다 뭉개버리고 싶은 밤
네가 너무 그리운 밤

그런 밤이 가끔 있긴 하지

되새김질

너를 잊어버리고파
모든 흔적들을 지우려 하지만
내 머릿속은 나도 모르게
널 되새기려 하루 종일 되새김질

넌 이런 나를 이해해 줄까
넌 이런 나를 용서해 줄까
홧김에 다 찢어버리고 싶다

인생은 짧고 시간은 많다

나 열여섯 때,
사람들은 뭘 바라 이토록
열심히 살아가는 건지

인생은 짧고 시간은 많다
할머니들은 말씀하신다
오래 살아 뭘 하겠느냐고

인생은 짧고 시간은 많다
경험은 없고 하고 싶은 건 많다
바라는 건 다 이뤄보고 가는 게
도전에 늦은 때란 없으니
마음은 편할지어다

인생은 짧고 시간은 많다
내 삶은 길고 할 일도 많다
아마도 아마도

수건

더러운 입들을 닦고 싶다
내 인생도 닦고 싶다
너의 기억들도 닦고 싶다
그대의 아픔들도 모두

조용히

뱅글뱅글 돌아가다
전원 끄면 멈추는 선풍기처럼

시끄럽게 짖다가
주인 오면 반기는 강아지처럼

귀뚤귀뚤 울다가
해가 뜨면 조용해지는 귀뚜라미처럼

조용히 살고 싶다

새벽의 속삭임

오전 2시만 되면 누군가가 속삭이는 소리
오늘은 슬프지 않냐고, 우울하지 않냐고
새벽만 되면 그렇게 숨통이 막힌다
다만 너의 하루는 행복했음 좋겠다

눈동자1

밖을 바라보다
나도 모르게 마주친
창문 속 내 눈동자

너무 외로워 보인다
너무 쓸쓸해 보인다
내게만 보이는 눈동자 속 슬픔

내가 그 다리를 건너게 된다면

내가 그 다리를 건너게 된다면
나의 옆엔 우리 백구의 털 한 가닥 놓아주세요
내가 영원히 백구를 잊지 못하게

내가 그 다리를 건너게 된다면
나의 옆엔 민들레를 심어주세요
홀씨를 타고 훨훨 날아가도록

내가 그 다리를 건너게 된다면
나를 얕은 곳에 묻어주세요
자연의 소릴 느낄 수 있게

내가 그 다리를 건너게 되면
내가 그 다리를 건너게 된다면
나를 꼭 기억해 주세요

사랑하는 척

당신은 사랑을 몸 바쳐 지킬 수 있겠는가
당신은 사랑에 모든 걸 내걸 수 있겠는가
사랑이란 순탄치 못하며 신중하고 깊은 것이다

당신은 지금 사랑이 아닌,
사랑하는 척을 하고 있진 않은가?

사랑은 질리기 마련이기에

하늘에서 떨어져
나뭇가지에 톡 하고 앉으니
나뭇잎에 스르르르 매달려
바닥으로 떨어집니다
아슬아슬 버티던 이슬도 곧 떨어집니다

이슬이란 존재가 있다면
그건 당신이겠지요
하늘에서 떨어져
나에게 톡 하고 앉으니
내게만 매달리다 땅으로 떨어지는
당신 마음처럼요

쓸모

그 작은 미생물도 쓸모가 있다고 하기에
너도 매우 쓸모 있는 사람이다
누가 너에게 올가미 같은 말을 내뱉었는가
넌 그 올가미를 끊어버릴 수 있는 능력이 있지 않던가

급하게 생각 말고 천천히 마음을 가져
남의 입에서 나온 단어로 맘 졸이지 말아라

마음 고생

미안해요
먼저 알아차리지 못해줘서
후회만 가득할 뿐이죠

미안해요
내가 더 많이 봐줬어야 했는데
그리움만 쌓여갈 뿐이죠

그 긴긴 시간 동안
얼마나 마음고생 많았나요
정말로 미안해요

현실 감각

너를 보낸 이후로
난 점점 약해져만 가고

우리 행복하게
마주 잡던 두 손도
이젠 느끼지 못하는 걸까요

아직 내 귀엔
내 이름을 부르는 목소리가
선명히 들리는데

고마워요

고마워요
나를 이해해 줘서

고마워요
나를 사랑해 줘서

고마워요
나를 아껴줘서

생각을 안으며

내일은 내일의 해가 뜬다지만
하루가 이리 아쉬운 이유는 왜 때문일까
오늘도 펜을 잡고 열심히 생각해 본다
갖가지 생각들을 모두 안으며

충분함

빠르게 달리지 말아요
느리게 걷지도 말아요
그저 당신의 속도면 적당해요

너무 팔팔 끓이지 말아요
그렇다고 차갑게 내버려 두지도 말아요
당신의 온도면 충분해요

남이 하는 이야기
귀 기울여 듣지 말아요
도움 하나도 안 될 테니

그대의 오늘은 안녕하신가요

그대들의 오늘은
안녕하신가요

오늘의 하루가
별로이더라도
속상해하지 말아요

오늘이 끝은 아니잖아요

수정테이프

과거의 말을 꺼내
덧붙이지 말자

적절한 답에 굳이
백지를 덮진 말자

인생에 수정테이프는
필요가 없다

불씨

꺼지려는 불씨를
다시 건드리진 마

더욱 피해보는 건
바로 너야

그 불씨를 다시
피어나게 하지 마

삶

후회하지 않는 삶
내가 원하는 삶
내가 되고 싶은 나의 삶

이 모든 게 나의 삶이다

빗방울

톡 토도독
내 머리 위로 빗방울이
한 방울 두 방울
떨어집니다

둑 두두둑
처마 밑으로 빗방울이
세 방울 네 방울
떨어집니다

똑 또도독
내 마음 속으로 당신의 사랑이
다섯 번 여섯 번
떨어집니다

투명 인간

너무 닳아서 어지러울 정도로
네가 잊히지 않는다

그저 네 관심을 받고파서
네 사랑이 그리워서

이 모든 행동은 모두
널 위해서였는데

넌 날 알아봐 주지 않네
넌 날 바라봐 주지 않네

존재

날 바라봐 주던 눈동자
날 쓰담아주던 손길
이쁜 말만 건네주던 입
이 모든 게 너였다면
나는 어떤 존재였을까

한 여름

따스한 햇살 아래
강아지풀이 바람에 스치우면
나는 바닥에 주저앉아
아련한 그리움에 사무쳐
저 멀리를 향해봅니다

용서

사실 내가 아닌데
내 잘못이 아닌데

모두 내 탓 같아서
내가 후회스러워서

못된 나를 봐줬으면 해
나를 용서해 줬으면 해

눈동자2

푸른 눈동자에 담겨있는 수많은 진실
그대의 감정을 숨기려 하지 말아요
있는 그대로의 모습에 솔직해져요
그게 어려운 건 아니잖아요

하늘비

하늘엔 비가 속살거리고
내 마음은 식어만 간다
머릿속에선 눈보라가 치는데
한 사람이 그리워지기만 한다

무식한 인간들

차갑고 어두운 공기가
우릴 덮치고 떠내려 간다

인간 때문에
인간 때문에

북극곰은 죽어만 가고
지구는 이상해져 가는데

사람들은 무식하게도
지구의 경고를 알아채지 못하네

언젠가 이 재앙은
인간들을 덮치리라

우리 안의 파도

하루하루 바쁘게 살아가는 일상 속
우린 매 순간의 파도를 만나게 된다

빠르게 요동치는 사람들의 파도와
여유로이 살랑이는 나의 파도

사람들은 뭐가 그리 급해 거센 파도를 타고 가려는 걸까
난 산들바람에 날아 노을과 인사하며 잔잔한 파도를 타고 싶은데

"나는 어머니의 꿈이자

아버지의 미래다"

5장 그대에게

천하의 모든 물건 중에는 내 몸보다 더 소중한 것이 없다.
그런데 이 몸은 부모가 주신 것이다.

_ 율곡 이이(栗谷 李珥)

청춘 오십

나이 오십이 넘어도
남들은 청춘이라기에
나는 노래한다

나이 오십이 넘어도
남들은 청춘이라기에
불같이 열을 낸다

나이 오십이 넘어도
남들은 청춘이라기에
너를 향해 웃는다

내 숫자가 늘더라도
너가 있었기에
나는 살 수 있었다

ⓒ 박 대성

어머니

너를 위해
나의 빛나는 청춘은
점차 빛을 잃어갔다
너는 나의 빛을 받고
더욱 밝아져
저 하늘의 별과 같은 존재가 되기를

ⓒ 박 대성

말하지 못한 이야기

어젯밤 외할머니께서
제 꿈속에 나와
엄마께 이 말을 전해달래요

하고 싶은 말이 있는데
꼭 전해달라고

사랑한다고
아니, 정말 사랑했다고
지금도 정말 사랑하고 있다고

—

에필로그

이렇게 무사히 오로지 내가 쓴 글과 시들로 한 권의 책을 내게
되어 정말 행복할 따름이다. 이 책을 낼 수 있게 도움을 준
부모님과 친구들, 언양의 풍경들, 나의 새벽, 3년 전 세상을 떠난
나의 하나뿐인 단짝 백구, 내가 짝사랑 했던 선배 등 많은 분
들께 감사함을 전하고 싶다.

처음엔 우울한 이야기들은 모두 지우고 숨기려 했다.
하지만 책《죽고 싶지만 떡볶이는 먹고 싶어》를 쓰신 백세희
작가님의 세바시 강연을 듣고 마음이 바뀌었다.
내가 쓴 우울한 시들도 모두 내 이야기이기에 내 마음을
솔직하게 드러내고 싶었다. 이걸 관종 (관심을 받고 싶어하는
사람) 이라 생각할지도 모르겠지만, 난 내 책에 내 모든 이야기를
담고 싶었다. 그 누구의 참견 따위 생각하지 않았다.

나는 나이니까, 나인 그대로가 가장 편하니까

2020년 11월 21일

박현정 씀.

10대의 밤